UN CADAVRE
DERRIÈRE LA PORTE

Du même auteur dans
Le Livre de Poche Jeunesse

Corrida à Paris

THIERRY ROBBERECHT

UN CADAVRE DERRIÈRE LA PORTE

© Hachette Livre, 2003.

Une erreur de jeunesse

« Tu l'as ? a demandé Dimitri.

— Évidemment que je l'ai ! Qu'est-ce que tu crois ? »

J'ai répondu violemment à la question de Dimitri. Je lui en voulais. Depuis une semaine il me répétait que je n'oserais pas, que je n'avais pas assez de cran.

« Tu le feras jamais, Léo ! »

Je n'en pouvais plus. Je voulais lui prouver qu'il avait tort.

Et je l'ai fait, j'ai volé la cassette vidéo.

Dès que je suis sorti du vidéoclub, je me suis rendu compte que j'étais en colère.

Pas contre Dimitri mais contre moi. J'avais réagi comme un imbécile. J'avais volé cette cassette parce que Dimitri, mon meilleur pote, m'avait piqué au vif.

« Je parie que tu n'as jamais rien fauché ! Tu as la trouille, Léo ! »

Moi ! La trouille ? J'ai réagi au quart de tour à cette phrase et pris la direction de Videomovie. En fait, il avait obtenu de moi ce qu'il désirait. Comme si j'avais quelque chose à lui prouver.

Heureusement, le vidéoclub était pratiquement désert quand j'y suis entré. J'ai salué Philippe, le patron, que je connais un peu, d'autant que Maman est cinéphile et fréquente l'endroit presque chaque jour.

J'ai d'ailleurs remarqué que Philippe drague un peu ma mère, laquelle n'est pas insensible à son charme de danseur de tango. Je me suis longuement promené dans le magasin. Je n'osais pas piquer une cassette sur un rayonnage. Je craignais trop de me faire surprendre. Faucher en pleine lumière me paraissait difficile.

J'avais remarqué deux trois cassettes empilées sur un bureau, dans une petite pièce annexe. C'est là que le personnel de Videomovie étiquette les nouveaux arrivages. Personne dans les environs...

Je suis entré, j'ai pris la première cassette sur la pile et l'ai enfouie sous mon blouson. J'ai remarqué que la bande ne portait pas de titre. Ensuite, je me suis dirigé vers un rayon et j'ai choisi *Scream 2*, que j'ai gardé à la main, bien en évidence.

À la caisse, Philippe a retiré la bande de sa boîte d'origine pour la glisser dans une autre au nom de Videomovie.

« Tu veux te faire peur ce soir, Léo ? »

Avec la cassette cachée sous mon blouson, il ne croyait pas si bien dire.

Je n'ai rien répondu. J'étais bien trop mal à l'aise. La température de mon corps dépassait largement la normale et je sentais mon visage devenir rouge pivoine.

Philippe n'a heureusement rien remarqué. Il

a pris l'argent que je lui tendais et m'a lancé : « À bientôt, Léo ! Bonjour à ta mère ! »

J'ai répondu quelque chose qui ressemblait à : « Je lui dirai ! »

Au moment où je sortais, Philippe a ajouté : « Je la verrai probablement ce soir, quand elle rentrera du boulot. Hier, elle m'a commandé un Truffaut. »

J'ai rejoint Dimitri, qui m'a de nouveau demandé : « Tu l'as ? »

On a marché tous les deux le plus normalement possible jusqu'au bout de la rue. On s'est quand même retournés une fois, pour vérifier si un employé du vidéoclub réagissait dans le magasin. Un homme d'une soixantaine d'années arpentait la rue derrière nous. Il ne faisait pas partie du personnel du Videomovie.

« Tout semble normal, a chuchoté Dimitri. Ils n'ont rien remarqué ! »

Je ne l'avais jamais vu aussi excité. Son taux d'adrénaline devait atteindre des sommets.

Nous avons un peu accéléré le pas. On a pris une rue à gauche et puis une autre à droite, histoire de disparaître. Mon cœur battait à tout rompre. Au moment du vol, j'étais tendu mais je n'avais éprouvé aucune angoisse particulière tandis que là, après coup, j'avais vraiment la trouille. Comme si je venais de comprendre la portée de mon geste. Voler dans un vidéoclub fréquenté presque tous les jours par ma mère ! J'imaginais sa colère et son humiliation si je m'étais fait prendre. Son fils, un voleur !

J'imaginais déjà son regard. J'avais l'impression que je ne pourrais jamais survivre à sa tristesse. J'ai été pris d'une vertigineuse envie de remonter le temps. Revenir en arrière, juste avant mon geste fatal.

Après avoir marché énergiquement pendant quelques minutes, Dimitri s'est arrêté. « Montre voir ce que t'as piqué. »

J'ai sorti la cassette de mon blouson.

« Hé ! Ce film n'a même pas de titre, pas d'étiquette ! C'est nul ! »

Il semblait à la fois déçu et en colère, un peu comme si je n'avais pas été à la hauteur. Mais cette fois je ne me suis pas laissé prendre à son jeu.

« Justement, j'ai répondu, une cassette sans titre, ça peut être qu'un film spécial, une vidéo pirate, un truc interdit à la location qu'ils ne louent qu'aux initiés.

— Ouais, t'as peut-être raison », a admis Dimitri.

J'ai évité de lui avouer qu'il m'avait semblé plus simple de subtiliser une cassette dans un endroit sans surveillance plutôt qu'une autre bien en évidence sur un rayonnage.

Tout à coup, Dimitri s'est enthousiasmé pour ce film : « Bon ! On va chez toi ? Je me demande ce qu'il y a dessus !

— Et le devoir de maths ?

— Bah ! On le fera après ! »

Nous sommes allés chez moi, boulevard Richard-Lenoir. Ma mère est médecin aux services des urgences de l'hôpital Saint-Antoine. Ce jour-là, elle était de garde jusqu'à 20 heures.

J'imaginais qu'après son travail, elle se rendrait au vidéoclub et échangerait deux mots avec le charmant Philippe. Elle ne rentrerait pas avant 21 heures. La mère de Dimitri, par contre, travaille à la maison. Chez lui, il est impossible de regarder un bon film sans avoir ses parents sur le dos.

Comme tous les jours, la concierge de mon immeuble montait la garde dans l'escalier. Elle nous a jeté un regard méfiant. Elle prenait son boulot drôlement au sérieux ! L'escalier était son empire, son territoire de chasse. La propreté des marches et de la rampe, son obsession.

« Ne me salissez pas tout, les gosses !

— On s'excuse d'utiliser votre escalier, madame la concierge, la prochaine fois, on montera par la façade », a rigolé Dimitri.

Comme il n'habitait pas l'immeuble, la concierge s'en est prise à moi : « Je dirai à ta mère que tu te comportes comme un voyou ! »

Nous avons pouffé de rire plusieurs fois, en montant l'escalier, histoire de l'irriter un peu plus encore.

Ma mère et moi habitons au quatrième étage. L'immeuble en compte six. Notre palier dessert quatre appartements. Les Pinterovic, un couple de gentils petits vieux ; Mme Gérardo, qui parle toute seule ; les Lautier, deux vieux frangins célibataires ; et nous.

Comme il en a l'habitude, M. Henri Lautier, notre voisin de droite, a entrouvert sa porte afin d'identifier les gens qui s'arrêtent sur le palier. Je l'appelle la « concierge du quatrième ». Dès qu'il entend du bruit dans l'escalier, il se précipite à sa porte. Évidemment, elle est retenue par une chaîne.

« J'aime bien savoir qui circule dans l'immeuble, répète-t-il toujours. Quand on lit tout ce qui se passe dans les journaux, mieux vaut prendre ses précautions ! »

M. Henri Lautier a un certain âge. Toujours ronchon, toujours à donner des leçons et à faire remarquer que les gangsters se promènent tranquillement dans les rues parce que la police ne fait pas son travail. Il partage l'appartement avec son frère Georges qui, lui, est un type charmant, un dévoreur de bouquins, un ancien libraire. Il m'offre un livre chaque semaine et veut toujours savoir, après coup, ce que j'en pense. C'est lui qui m'a fait découvrir Joseph Conrad et Robert Louis

Stevenson. Je dois reconnaître que ses choix sont souvent super.

Dimitri et moi, on s'est offert des chips et des Coca. Puis on s'est vautrés dans le canapé et j'ai enclenché le magnétoscope.

« Je me demande bien ce qu'on va trouver sur cette bande ! » a déclaré Dimitri, impatient.

Tout de suite, j'ai compris qu'il ne s'agissait pas d'un film comme les autres. Après un noir de quelques secondes, l'image nous a montré un type qui marchait dans la rue. Un petit homme rondouillard en costume-cravate avec des cheveux mi-longs dans le cou. Il affichait une certaine aisance et rien qu'à sa démarche, on pouvait voir qu'il s'agissait d'un homme sûr de lui.

L'homme était filmé de profil à partir du trottoir d'en face. On entendait le vent et les bruits de la rue sur la bande vidéo et j'ai d'abord pensé qu'il s'agissait d'un documentaire.

L'image tressautait sans cesse comme si le cameraman n'avait pas utilisé de pied. En fait, cela ressemblait à une vidéo amateur, comme on en voit dans *Vidéogag*.

« Beuh ! Y a même pas de générique à ton film, a protesté Dimitri.

— D'abord, c'est pas *mon* film ! Et puis attends la suite avant de râler ! »

L'homme continuait à marcher. Il croisait pas mal de monde mais ne se tournait jamais vers la caméra. J'avais l'impression de connaître la rue. Ces maisons, ces commerces, je les avais déjà vus ! Mais où ?

La scène se déroulait à Paris. L'homme venait soudain de changer de trottoir. Il entrait dans un restaurant, *Le Potiron*.

« C'est tout près d'ici, a remarqué Dimitri. J'ai toujours trouvé ce nom complètement ridicule. »

La caméra est restée pointée sur l'enseigne du restaurant quelques secondes. Puis, il y a eu un noir comme si le film avait été mal monté. Du travail d'amateur !

Le plan suivant ne comportait aucun personnage.

La caméra avançait maintenant vers un bureau sur lequel reposait une feuille de papier.

L'image était floue. Soudain, Dimitri et moi avons blêmi. Sur l'écran était apparu un message écrit à la main :

Tu as jusqu'à dimanche pour payer.
Tu sais ce que tu risques !

Un visiteur peu ordinaire

Tu as jusqu'à dimanche pour payer. Tu sais ce que tu risques !

La caméra est restée une dizaine de secondes sur le message. Dimitri et moi, nous ne disions pas un mot. Nos yeux ne pouvaient se détacher de l'image. Finalement, elle s'est brouillée. Fin de la cassette.

« Qu'est-ce que c'est que ce film ? a demandé

Dimitri. Même mon petit frère filmerait mieux que ça !

— C'est peut-être une blague, j'ai fait. Je n'y comprends rien.

— Ce type-là ne fera pas carrière à Hollywood, a dit Dimitri en rigolant. Il est parvenu à me mettre en boule en quelques secondes.

— Et si c'était du chantage ?

— Tu regardes trop de films policiers, Léo.

— Ça y ressemble vachement, en tout cas, j'ai ajouté.

— T'as qu'à alerter les flics, a ricané Dimitri. T'auras l'air malin quand ils découvriront qu'il s'agit d'une farce ou d'un travail d'amateur. »

Alerter les flics ! Mon cerveau a tiré la sonnette d'alarme ! Les flics vont me demander comment je suis au courant du chantage et je vais devoir avouer que j'ai piqué la cassette ! J'ai très rapidement fait marche arrière.

« Tu as raison, Dimitri. Ce film n'a aucun intérêt. »

Mais s'il s'agissait vraiment d'un chantage ? Et si ce type était vraiment en danger ? Je ne me pardonnerais jamais d'être resté les bras croisés.

Dimitri ne pensait déjà plus au film.

« Écoute, j'ai envie d'appeler le restaurant. Les prévenir, quoi ! Je me sentirais soulagé.

— Tu vas être ridicule mais c'est ton problème », a répondu Dimitri.

Moi, j'étais enthousiasmé par l'idée.

« Rien de plus simple qu'un appel anonyme. Je téléphone au restaurant et je leur raconte qu'un de leurs clients, un petit gros, est victime d'un chantage.

— Et si on te demande ton identité ou comment tu es au courant de cette affaire ?

— Je raccroche. »

Dans l'annuaire, j'ai trouvé très rapidement le numéro de téléphone du *Potiron*. Dimitri a insisté pour téléphoner lui-même. Le côté appel anonyme l'excitait tout à coup. Il a composé le numéro et je l'ai observé : il est resté le portable à l'oreille pendant une vingtaine de secondes sans dire un mot.

« Et alors ? » ai-je fini par demander.

Il a raccroché : « Personne. Il est peut-être trop tôt.

— Ou alors, le mercredi, c'est leur jour de fermeture. »

Dimitri s'est soudainement désintéressé de cette histoire. Il a préféré revenir sur mon « exploit » de l'après-midi.

« En tout cas, m'a-t-il lancé, quand tu fauches quelque chose, c'est n'importe quoi ! »

À ces mots, je me suis immédiatement mis en colère : « Si tu ne m'avais pas mis la pression, je n'aurais rien volé du tout ! »

Il m'a fixé droit dans les yeux et j'ai ajouté presque en criant : « Tu ne peux pas savoir comme je regrette d'avoir piqué cette cassette. Je n'avais pas besoin de ça pour me prouver que j'avais du courage ! »

Dimitri s'est radouci : « Bon, O.K., on se calme. Finalement, le plus important, c'est que tu l'aies fait, le reste, on s'en fiche. Et le film que tu as loué, c'est quoi ? »

Je lui ai montré la jaquette de *Scream 2*. Il a poussé un long soupir avant de me lancer : « Je l'ai déjà vu dix fois ! Et d'ailleurs, c'est pour les gamins ! »

Mon copain n'était pas à une contradiction près.

Il s'est levé. « Bon, je me casse ! Je croyais passer un bon moment mais c'est raté. J'aurais mieux fait de rentrer chez moi pour me farcir mon devoir de maths, a-t-il conclu en enfilant son blouson.

— Ouais, c'est ça, j'ai fait froidement.

— On s'appelle si on s'en sort pas », il a ajouté.

Je n'ai rien répondu.

Il est resté quelques secondes devant la porte. J'ai senti son hésitation mais je n'ai pas bougé d'un pouce.

« Bon, salut ! » a dit timidement Dimitri.

Je n'ai pas bronché et me suis tourné vers la fenêtre. J'ai entendu la porte se refermer et puis plus rien.

J'ai eu du mal à me concentrer sur le devoir de maths. La cassette, le vol et le contenu de la bande, toute cette histoire me prenait la tête. J'avais beau me pencher sur les équations, je ne voyais en fait que le petit bonhomme rondouillard qui marchait dans la rue.

J'ai voulu revoir la vidéo. J'ai bien observé le personnage qui marchait. À mon avis l'homme

n'entrait pas dans le restaurant pour y manger !
Certains détails m'ont d'ailleurs persuadé que la
scène avait été filmée le matin : a) le restaurant
était plongé dans l'obscurité comme s'il était
fermé ; b) l'homme croisait sur sa route un
balayeur et un facteur en tournée ; c) il ne mar-
quait aucune hésitation en entrant dans le restaurant. Un livreur ou un représentant aurait
frappé au carreau. J'en ai conclu que l'homme
venait travailler, qu'il s'agissait d'un membre du
personnel.

J'ai rappelé le restaurant. Toujours personne.
Si j'avais pu lui parler à ce type, cela m'aurait
déchargé d'un lourd fardeau.

J'ai éteint le téléviseur et le magnétoscope et
réattaqué les maths. Au bout de quelques
minutes, j'ai compris que ce devoir allait me
prendre un temps dingue.

J'avais très envie d'appeler Dimitri, mais une
espèce d'orgueil me le défendait. J'en étais à
espérer un miracle, un événement inattendu qui
m'empêcherait de terminer mon travail, et le
miracle s'est produit. Enfin, pas tout à fait un
miracle. Quelque chose a frappé doucement

contre la porte. Très légèrement. Un voisin déménage sans doute un meuble encombrant et, maladroitement, il a touché notre porte ai-je pensé. Je ne me serais probablement pas levé de ma chaise si le devoir de maths n'avait pas été aussi pénible. J'étais prêt à donner un coup de main aux éventuels déménageurs pour échapper à ce satané devoir.

Je me suis levé et j'ai ouvert la porte. Un grand type d'une soixantaine d'années, en costume et cravate, les cheveux gris, se tenait sur le seuil de notre appartement. Ses yeux étaient exagérément ouverts comme si je l'avais surpris ou qu'il venait soudain de comprendre la solution d'un problème auquel il réfléchissait depuis longtemps. Il regardait fixement au-dessus de moi. Son visage était pâle et je me suis dit qu'il avait l'air malade. J'allais lui demander ce qu'il voulait, quand lentement, presque au ralenti, l'homme a basculé vers moi. Je n'ai pas tenté d'amortir sa chute. Il était bien trop lourd pour moi. J'ai simplement fait un pas sur le côté pour l'éviter mais aussi parce que j'avais peur. Son corps est tombé à mes pieds. Sa tête a touché le sol dans un bruit de porcelaine qu'on brise.

En fait, je n'avais pas commis d'erreur de diagnostic. L'homme était vraiment mal en point. Un poignard très long, à manche de nacre blanc, était planté en plein milieu de son dos.

Un frisson électrique m'a parcouru tout le corps. Instantanément, mes mains ont recouvert mon visage et j'ai poussé un long cri de terreur.

L'inspecteur Valloton
mène l'enquête

J'ai tout de suite compris que l'homme était mort. Instinctivement. Son cadavre me faisait atrocement peur mais je ne pouvais pas détourner les yeux. J'avais l'impression qu'en le regardant lui je l'empêchais d'avancer vers moi. Je n'aurais pas pu tourner le dos. Il fallait que je le fixe intensément. Une tache de sang s'élargissait autour du manche du poignard. Je me suis encore éloigné d'un pas. Je croyais avoir hurlé à pleins poumons et pourtant mes cris n'avaient apparemment alerté personne.

Le cadavre et moi, nous sommes restés une dizaine de secondes en tête à tête. J'attendais de l'aide et personne ne venait. L'immeuble continuait sa petite vie tranquille.

Mme Gérardo est sortie sur le palier pour faire sa promenade quotidienne.

Elle a stoppé net devant les chaussures du cadavre.

J'ai toujours pensé que Mme Gérardo était un peu folle. Là, elle est devenue complètement hystérique. Son regard est monté du cadavre vers moi et puis il est revenu aux chaussures du mort. Je voyais très précisément son cerveau fonctionner au ralenti. Tout à coup, ça a fait tilt. Elle s'est mise à hurler des mots incompréhensibles et a disparu de mon champ de vision. Plus tard, j'ai appris qu'elle s'était enfermée dans son appartement.

Mais ses hurlements, eux, ont été efficaces. D'autres portes se sont ouvertes. J'ai entendu des « Qu'est-ce qui se passe ici ? » et des « Quelle idée de hurler comme ça ! »

Les Pinterovic sont arrivés les premiers.

M. Pinterovic s'est penché sur le corps et sa femme l'a enjambé sans hésitation pour venir à ma rencontre. Je suis tombé dans ses bras et mes larmes se sont mises à couler. Je ne pouvais plus les arrêter.

M. Pinterovic a annoncé tout haut ce que je savais déjà : « Il est mort. C'est un meurtre.

— Appelez la police ! » a crié quelqu'un.

Alertée par le bruit, la concierge est arrivée. Elle a pâli en voyant le cadavre mais a failli s'évanouir lorsqu'elle a découvert la flaque de sang, qui commençait à tacher le palier.

Mme Pinterovic m'a proposé d'entrer chez elle. Comme ça, je pourrais me calmer et retrouver mes esprits. J'ai accepté tout de suite.

Elle m'a aidé à enjamber le mort. Je tremblais comme une feuille.

Sur le palier, Mme Pinterovic m'a pris dans ses bras et très tendrement m'a fait entrer dans son appartement. Je me suis laissé tomber dans un fauteuil et elle m'a offert un verre d'eau que j'ai bu d'une traite. Je me sentais mieux. J'avais l'impression de revenir dans la communauté des vivants. J'ai entendu des sirènes dans la rue et les voisins bavarder dans l'escalier.

Curieuse, Mme Pinterovic a voulu voir ce qui se passait sur le palier. Je l'ai retenue par la manche. Je n'aurais pas pu rester seul.

Un locataire a déclaré bien fort qu'il n'avait rien vu. J'ai entendu un policier s'adresser aux gens de l'immeuble : « Rentrez chez vous ! Faites de la place ! Laissez-nous travailler ! On viendra vous interroger individuellement ! »

Les locataires ont reflué à contrecœur. Ils avaient l'impression que la police les privait d'un spectacle auquel ils estimaient avoir droit.

Du cinquième, un type a crié que la police ne faisait pas son travail et que des armées d'assassins couraient les rues de Paris !

« Vous avez raison, cher monsieur, a répondu calmement un policier, mais maintenant rentrez chez vous, s'il vous plaît ! »

Quelqu'un a demandé ensuite s'il y avait des témoins. Personne n'a répondu.

« Qui a découvert le corps ?

— C'est Léo, monsieur l'inspecteur. Un adolescent qui habite avec sa mère dans l'appartement devant lequel se trouve la victime », a répondu Mme Gérardo qui avait retrouvé son calme.

Elle a cru bon d'ajouter sur le ton de la confidence, mais tout l'immeuble a pu l'entendre : « Ses parents sont séparés, monsieur l'inspecteur. »

Un policier en civil est venu me trouver chez les Pinterovic. Un petit type barbu, ventru et tout rouge. J'ai immédiatement songé à un nain de jardin en le voyant.

« Bonsoir, mon garçon. Je suis l'inspecteur Valloton. Tu t'appelles Léo, je crois. C'est toi qui as découvert le corps ? Comment te sens-tu ? »

J'étais sur le point de répondre à sa question quand il a enchaîné sans attendre :

« J'aimerais que tu me racontes ce qui s'est passé. »

En fait, mon moral ne l'intéressait pas du tout.

Je lui ai décrit les événements le plus fidèlement possible. Valloton prenait des notes. De temps à autre, il m'interrompait en me demandant de préciser un détail.

« Cet homme, tu l'avais déjà vu ? »

Automatiquement, j'ai fait non de la tête.

Après coup, je n'étais plus aussi sûr de moi. Mais où l'aurais-je vu, ce type ?

« Cela t'ennuierait de revenir auprès du cadavre afin de me mimer toute la scène ? » m'a alors demandé le nain de jardin.

Je me suis levé, mais mes jambes n'étaient pas très assurées. J'avais l'impression d'avoir 40 de fièvre. De plus, je n'étais pas très enthousiaste à l'idée de revoir le cadavre, j'aurais préféré l'oublier.

Sur le palier, la concierge attendait d'être interrogée. Georges Lautier, le plus sympa des deux frères, revenait de sa librairie préférée, des bouquins sous le bras. Il était tout pâle. Les voisins du dessous s'étaient fait un plaisir de le mettre au courant : « Monsieur Lautier, y a un cadavre sur votre palier ! »

Des types de la police scientifique s'affairaient autour du corps. Dès que je suis sorti de l'appartement des Pinterovic, tous les regards ont convergé vers moi.

J'ai senti ma peur s'atténuer parce que je n'étais pas seul et j'ai même cru apercevoir une certaine admiration dans le regard de la concierge et des voisins.

Finalement, j'étais un peu le héros de cette affaire et cette idée m'a aidé à affronter la victime.

L'inspecteur m'a demandé si je me sentais le courage de refaire les mêmes gestes à partir du moment où j'avais entendu du bruit.

« L'homme a vraiment frappé à la porte ?

— Non, non, je pense plutôt qu'il l'a heurtée. J'ai même pensé qu'on déménageait un meuble. »

Au fil de l'interrogatoire, je me suis enhardi. Trois policiers écoutaient mes paroles en prenant des notes.

Je me suis remis à ma table de travail et j'ai rejoué le film jusqu'à l'arrivée de Mme Pinterovic.

J'avais à peine terminé la reconstitution des faits que ma mère a surgi. Je l'ai vue tenter de traverser le barrage improvisé par les flics. Curieusement, personne n'avait osé lui parler du mort dont une moitié du corps occupait son appartement.

Ma mère essayait de comprendre. Je devinais son inquiétude. Elle expliquait trop rapidement aux policiers qu'elle habitait au quatrième et qu'elle voulait avoir des nouvelles de son fils. En même temps, elle demandait autour d'elle ce qui se passait sur son palier. J'ai annoncé à Valloton que ma mère venait d'arriver. L'inspecteur l'a autorisée à monter. Je me suis précipité dans ses bras. Au même moment, j'ai pensé que, maintenant que j'étais grand, je ne le faisais plus jamais. Mais les circonstances étaient exceptionnelles. Ma mère s'est aperçue, elle aussi, de mon changement de comportement. J'ai senti son étonnement dans l'étreinte. De l'inquiétude aussi.

« Qu'est-ce qui se passe, Léo ? J'espère que tu n'as pas fait de bêtise ? »

C'est bien une question de parents ça !

« Je n'ai rien fait du tout. Un type a été poignardé sur notre palier.

— Quoi, Léo ! Qu'est-ce que tu me racontes ? »

L'inspecteur Valloton s'est chargé de tout expliquer à ma mère. Il a probablement utilisé des mots spécialement conçus pour les adultes parce qu'elle a tout compris en une fois.

« Tu as ouvert la porte de l'appartement et un cadavre t'est tombé dessus !

— Exactement !

— Mon pauvre Léo. Tu as dû avoir atrocement peur !

— Mme Pinterovic s'est bien occupée de moi. »

L'inspecteur a désigné le visage du mort. Il a demandé à ma mère si elle le connaissait. Maman a examiné longuement le cadavre. Elle était incroyablement calme. Je veux dire que son visage n'a trahi aucune émotion lorsqu'elle s'est penchée vers le visage que la mort raidissait. Évidemment, son travail de médecin aux urgences l'amène à fréquenter pas mal de macchabées, mais n'empêche, j'étais fier d'elle. Je l'ai trouvée très digne.

« Non, monsieur l'inspecteur, je n'ai jamais vu cet homme, a-t-elle répondu calmement.

— C'est bizarre, a remarqué Valloton. Personne ne connaît la victime, et pourtant, elle devait bien avoir une raison de monter au quatrième pour y mourir.

— Peut-être qu'elle était suivie et qu'elle a cherché à entrer dans le premier immeuble venu pour se protéger ? a lancé quelqu'un.

— On ne peut pas pénétrer dans cette maison sans le code, a répondu l'inspecteur. Et pourquoi monter au quatrième ?

— La porte de la rue ne se referme jamais, a crié un voisin. Tout le monde entre ici comme dans un moulin ! Depuis le temps qu'on en parle aux assemblées de copropriétaires !

— Voilà déjà un mystère éclairci, a soupiré un flic.

— Comment s'appelle-t-il, le mort ? » a demandé Maman.

D'un signe de la main, Valloton a appelé un de ses subordonnés.

L'adjoint de l'inspecteur, un grand type à l'air sérieux, avec une moustache, a déclaré que le cadavre s'appelait Maxime Corti et qu'il était âgé de soixante-six ans.

« Il est... enfin... il était commissaire de police à la retraite. Il a fait toute sa carrière à la Police judiciaire.

— Corti, a répété l'inspecteur, Maxime Corti, ce nom me dit quelque chose. Ce n'est pas ce commissaire retraité qui passait son temps à mener des enquêtes. Oui, voilà ! Je m'en souviens très bien. Un sacré emmerdeur !

— Exact, inspecteur. Il avait pris une licence

de détective privé et venait nous casser les pieds avec des affaires non résolues.

— Bien, a résumé Valloton en se frottant les mains d'un air satisfait, quand nous aurons découvert sur quoi il enquêtait dernièrement, nous aurons trouvé l'assassin. »

Le mort était détective privé ! L'info a fait sur moi l'effet d'une bombe. J'ai su tout à coup où je l'avais déjà vu. Dans la rue du vidéoclub, juste après le vol. Dimitri et moi, nous nous attendions à voir débouler l'un des employés de Videomovie ! On ne s'est pas méfiés des passants !

Ce flic à la retraite, ce détective venu mourir devant ma porte aurait donc un lien avec la cassette volée dans l'après-midi ? Mais lequel ? Plusieurs suppositions m'ont traversé l'esprit. Mon cerveau tournait à plein régime. Si cet ex-flic m'avait surpris en train de voler la cassette, cela expliquait sa présence devant ma porte. Mais qui l'avait assassiné et pourquoi ?

Je ne parvenais pas à dénouer le fil de cette histoire. Tout me paraissait embrouillé.

Une seule certitude : cette vidéo n'était ni une

blague ni un film amateur. À quoi pouvait servir cette cassette sinon à faire chanter les gens ? Le message était clair : *Tu as jusqu'à dimanche pour payer. Tu sais ce que tu risques !*

Mon inquiétude devait se lire sur mon visage car Maman m'a demandé si j'allais bien. Je l'ai rassurée par quelques mots vagues.

Soudain, une question m'a traversé l'esprit : « Est-ce que je dois lui parler de la cassette qui se trouve toujours dans le magnétoscope ? » En parler, c'était avouer le vol. Je ne pouvais m'y résoudre. J'imaginais déjà la tête de ma mère, les commentaires des voisins et les gros titres des journaux : UN POLICIER À LA RETRAITE ASSASSINÉ DEVANT LA PORTE D'UN VOLEUR DE CASSETTES VIDÉO !

Très rapidement, j'ai décidé de cacher la vérité à tout le monde. Ma mère ne devait en aucun cas apprendre que j'avais volé une cassette dans son vidéoclub préféré.

Je réfléchissais si fort que je n'ai même pas entendu l'inspecteur. Il a été obligé de répéter sa question.

« Léo, as-tu l'impression que c'est chez toi que venait la victime ? »

« En voilà une bonne question ! » ai-je pensé. J'ai décidé de suivre la tactique que je venais de mettre au point.

« Heu, non, pas du tout... enfin, je ne le pense pas.

— As-tu entendu quelqu'un s'enfuir ?

— Non, personne. Mais peut-être que la concierge en sait plus. Elle traîne toute la journée dans l'escalier. Ou M. Lautier. Henri Lautier contrôle sans cesse l'activité du palier.

— Ce monsieur n'a rien remarqué de particulier, a déclaré le collègue de Valloton. Je viens de l'interroger.

— C'est étrange, a ricané ma mère. Lautier est sur le qui-vive toute l'année sauf le jour où on commet un meurtre.

— Allez questionner la concierge, a demandé Valloton à son subordonné. Demandez-lui si elle a vu sortir un suspect de l'immeuble vers 18 h 30. »

La gardienne était à l'affût dans son escalier. Elle s'est approchée dès le moment où elle a entendu qu'on parlait d'elle. J'ai remarqué qu'elle s'était changée. Elle avait retiré son éternel cache-poussière jaune pâle et s'était maquillée. Son jour de gloire était arrivé.

« Non, monsieur le commissaire, je n'ai vu personne. À cette heure-là, je regarde mon émission préférée à la télévision. »

Des brancardiers ont soulevé le cadavre et l'ont déposé sur une civière. Son visage bleuissait déjà. On l'a recouvert d'un drap blanc afin de le soustraire à la curiosité des propriétaires de l'immeuble. Ils ont tous tenu à voir passer le mort. Les voisins ressemblaient à ces passionnés qui attendent pendant des heures, dans la montagne, le passage des coureurs du Tour de France.

Je suis persuadé que, ce soir-là, personne n'a regardé la télévision.

Sous le cadavre, gisait notre paillasson sur lequel était écrit ironiquement « Welcome ». En apercevant le mot « Bienvenue » sur notre seuil, un brancardier a pouffé de rire et poussé du coude son collègue.

Maman a déclaré que ce paillasson, elle ne voulait plus le voir.

« De toute façon, nous l'emportons pour analyse, a répondu un policier. L'assassin a peut-être marché dessus. Avec un peu de chance, ses chaussures ont laissé des traces, quelques fibres, un peu de terre ou du sable. »

Avant de partir, l'inspecteur Valloton a pris note de l'adresse de mon collège.

« Je pourrais avoir besoin d'un renseignement dans la journée. »

Il m'a laissé sa carte et le numéro de son portable. « Tu m'appelles si, par bonheur, tu te souviens d'un élément intéressant ! »

J'ai répondu « d'accord » le plus spontanément possible. En fait, les éléments intéressants, cela faisait un bon moment que je les lui cachais.

Quelques minutes plus tard, un psychologue est venu me voir. Il a dit s'appeler Philippe Morrisset. Un type maigre avec un grand front dégarni et des boucles blondes. Il travaillait visiblement avec les services de police. « Assistance psychologique aux victimes », ils appellent ça. Il m'a demandé si j'allais bien et si je voulais parler de ce que j'avais vécu.

« Cela peut t'aider à évacuer ton angoisse. »

Il ne se rendait pas compte que ma plus grande source d'angoisse se trouvait dans le magnétoscope. Je lui ai déclaré plusieurs fois que tout allait bien en y mettant de la conviction.

J'avais pourtant l'impression qu'il ne me croyait pas.

Le psychologue a confié à Maman un flacon de calmants.

« Il pourrait en avoir besoin cette nuit et les jours prochains. Je passerai prendre de ses nouvelles. »

Finalement, on s'est retrouvés entre voisins de palier.

« Je suis certaine que cet homme n'est pas mort sans raison au quatrième étage, a déclaré Mme Gérardo, complètement parano. J'ai toujours pensé que nous vivions en plein mystère. »

Maman lui a demandé ce qu'elle voulait dire.

« Un des propriétaires de ce palier cache quelque chose, c'est certain », a-t-elle répondu.

Son regard était vraiment celui d'une folle.

« L'assassin, ils ne le trouveront jamais ! » a claironné un type du cinquième sur le ton de celui qui savait quelque chose alors qu'il ignorait tout.

Maman a mis fin à la conversation en souhaitant bonne nuit à tout le monde.

Plus tard dans la soirée, Papa m'a téléphoné comme il le fait tous les jours. Il avait déjà appelé plusieurs fois, mais je répondais aux questions de la police. Maman lui avait résumé brièvement l'affaire, cependant il avait tenu à m'entendre directement.

Pour une fois, j'avais plein de choses à lui raconter. Il a senti que j'étais troublé et pas seulement par le cadavre derrière la porte.

« Tu es certain que ça va, Léo ? »

Tout le monde me tendait une perche que je refusais de saisir. Je m'en tenais à mon schéma de défense : mentir pour ne pas avouer le vol !

Je m'en suis sorti en lui expliquant qu'on ne se sent jamais bien lorsqu'un cadavre vous tombe dessus.

Nous nous sommes couchés assez tard, Maman et moi. Je n'ai plus touché à mon exercice de maths, mais je savais que je pourrais présenter au prof une excuse en béton, le lendemain. Je me suis couché avec la ferme intention de ne pas dormir. J'ai attendu dans mon lit pendant une heure. Ensuite, je me suis levé en silence. Je suis passé devant la chambre de ma mère, elle dormait. Le salon était plongé dans l'obscurité. Je n'ai pas allumé. Je me suis dirigé droit vers le magnétoscope et j'ai enclenché la touche « eject ». Le bruit du mécanisme a crevé le silence et ma mère, dans un demi-sommeil, a crié : « C'est toi, Léo ?

— Oui, je me sers un verre d'eau. »

J'ai remis la cassette dans sa boîte et je l'ai emportée dans ma chambre, cachée sous mon pyjama.

Cette nuit-là, j'ai ouvert des dizaines de portes. Derrière elles, des cadavres, toujours des cadavres.

La plupart d'entre eux me tombaient dans les bras. Je m'écroulais sous leur poids. Leur chair froide se pressait contre mon visage. En les touchant, je devenais un cadavre moi aussi. La terreur me donnait la force de hurler. Plusieurs fois dans la nuit, j'ai retrouvé Maman à mes côtés.

« C'est moi, Léo ! Tu fais des cauchemars. »
Elle insistait pour que je prenne un calmant mais je refusais énergiquement. Il fallait que je reste aux aguets. J'avais bien trop peur qu'elle découvre la cassette vidéo sous mon oreiller.

Dimitri et moi,
nous faisons le point

Le lendemain matin, je me suis levé comme une bombe. J'ai profité du moment où ma mère prenait sa douche pour transférer la cassette vidéo dans mon sac à dos.

Plus tard, pendant le petit déjeuner, Maman s'est inquiétée de nouveau pour moi.

« Tu veux que je prenne un jour de congé aujourd'hui ? Je pourrais passer la journée avec toi. »

Si elle n'allait pas travailler, je ne pourrais pas

me débarrasser de la cassette. J'ai joué les blasés.

« Tu sais, Maman, je me porte très bien. Ce n'est pas un petit cadavre qui va me saper le moral. Et puis, toi, des morts, tu en vois tous les jours et tu ne t'en portes pas plus mal. »

Maman a répondu que je me trompais. Elle m'a confié qu'il lui était déjà arrivé, dans son métier, de faire appel à une assistance psychologique pour certains cas très durs émotionnellement.

« Tu devrais appeler le psychologue qui est venu hier, le Dr Morrisset, a-t-elle ajouté. Tu as vécu une expérience traumatisante. D'ailleurs, tu en as rêvé toute la nuit. Je suis certaine qu'il pourrait t'aider.

— C'est d'accord, ai-je lâché. Je verrai ce Morrisset, je te le promets. »

J'ai jeté un regard à l'horloge de la cuisine. Pas de temps à prendre. Je n'étais pas fâché de mettre fin à cette conversation pour aller au collège.

« Bon ! Il faut que je fonce. »

J'ai enfilé mon blouson, pris mon sac et embrassé ma mère. J'avais déjà ouvert la porte

lorsque j'ai entendu sa voix dans mon dos :
« Léo, n'oublie pas ta cassette vidéo ! »

Ma pomme d'Adam s'est asséchée dans ma gorge. Catastrophe ! Ma mère savait tout.

« Quelle cassette ? j'ai interrogé d'une voix coupable.

— Celle que tu as louée hier. *Scream 2*, je crois. Si tu ne la rapportes pas aujourd'hui, tu vas devoir payer une amende. Pauvre chou ! Avec ce qui s'est passé sur le palier hier, tu n'as même pas eu le temps de la regarder. »

Elle me tendait la cassette. Je devais être tout pâle parce qu'elle m'a demandé si je me sentais bien. Je l'ai rassurée comme j'ai pu. J'avais complètement oublié qu'il me faudrait un jour ou l'autre remettre les pieds à Videomovie.

J'ai choisi une poubelle isolée, à égale distance entre la maison et le collège. J'ai jeté un coup d'œil aux alentours. Des passants promenaient leur caniche, d'autres se rendaient au boulot. Personne ne m'observait. Le plus nonchalamment possible, j'ai laissé tomber la vidéo volée dans la poubelle et j'ai repris le chemin de l'école.

Cela a été mon jour de gloire en classe. J'ai raconté cent fois la scène du cadavre s'écroulant à mes pieds. Les filles m'ont trouvé très courageux.

« Moi, j'aurais fait une crise de nerfs », a déclaré Marianne.

Dimitri ne disait rien. Il est loin d'être idiot. À la sortie d'un cours, il s'est approché de moi discrètement.

« Tu crois que le mort a un rapport avec la cassette ? il a murmuré.

— Je n'en sais rien.

— Tu as parlé de la vidéo aux flics ?

— Non, évidemment !

— Et elle est où ?

— Je m'en suis débarrassé. »

Dimitri a lâché un énorme soupir de soulagement.

« J'ai réfléchi toute la matinée, a-t-il fini par dire, je suis certain que les gars du vidéoclub utilisent les cassettes pour faire chanter les commerçants du quartier.

— Tu as probablement raison, mais je ne veux pas être mêlé à cette histoire. Il ne faut en aucun cas qu'on sache que j'ai volé cette vidéo. »

Dimitri était sur le point de s'éloigner, mais je l'ai attrapé par le bras et je lui ai dit : « Après les cours, il faut que tu me rendes un service.

— Ah oui et lequel ? »

Je lui ai expliqué que je voulais retourner au vidéoclub pour restituer la cassette de *Scream 2*.

Dimitri est devenu tout pâle : « Pourquoi tu veux retourner là-bas ? Tu es fou !

— J'y suis bien obligé. Si je n'y vais pas, ils se douteront que c'est moi qui ai volé l'autre cassette.

— Mais ils le savent !

— C'est pas sûr. »

Moi, aussi, j'avais réfléchi à toute cette histoire.

« Je n'imagine pas le patron de Videomovie, un ami de ma mère, en plus, monter une affaire de chantage et poignarder les gens.

— Lui non, mais pourquoi pas un de ses employés ? »

La théorie de Dimitri ne me convainquait pas et je lui ai expliqué pourquoi.

« Si c'est vraiment un employé du vidéoclub qui a poignardé le détective, il m'aurait éliminé aussi et aurait repris la cassette. Ni vu ni connu.

— Logique, a acquiescé mon ami.

— En conclusion, Maxime Corti n'a peut-être pas été assassiné par un gars du vidéoclub. »

Dimitri a fait une grimace qui signifiait qu'il était plus ou moins d'accord avec moi.

J'ai continué ma démonstration :

« J'ai besoin de toi pour donner l'impression au suspect que tout est rentré dans l'ordre. Je vais donc y retourner tout à l'heure, rendre la vidéo louée et même en louer une autre. En un mot, je vais agir comme si je n'avais pas volé cette satanée vidéo.

— Et s'ils te mettent la main dessus ?

— C'est bien pour ça que j'ai besoin de toi.

— Qu'est-ce que tu veux à la fin ? a demandé Dimitri sur la défensive.

— Que tu fasses le guet devant le vidéoclub. Si je n'en ressors pas, tu préviens la police. »

Dimitri a hésité longuement. Je lui ai mis la pression :

« Écoute, mon vieux. Hier, tu t'es moqué de moi. Tu m'as répété cent fois que je n'étais pas à la hauteur. À cause de toi, j'ai fait une bêtise. Aujourd'hui, je te demande un peu de courage.

— Bon d'accord », a-t-il dit en soupirant.

Retour au vidéoclub

À 16 h 35 précises, je suis sorti de l'école. Pas de Dimitri à l'horizon. J'avais l'impression que, pour la première fois de sa vie, mon meilleur ami redoutait la fin des cours. J'ai dû l'attendre plusieurs minutes devant le collège avant qu'il sorte. Je voyais bien à sa tête qu'il n'était pas enthousiasmé par notre petite excursion.

Il m'a demandé si je voulais toujours retourner là-bas. Je lui ai répondu que c'était le seul moyen de classer l'affaire.

Sans un mot, nous nous sommes dirigés vers Videomovie.

À cinquante mètres du vidéoclub, j'ai pris Dimitri par le bras. Nous nous sommes regardés.
« Tu m'attends ici. Je compte sur toi.
— Ne t'inquiète pas. »
À dix mètres de l'endroit où nous nous trouvions, se dressait une cabine téléphonique.
« Si je ne suis pas sorti dans cinq minutes, tu appelles les flics. T'as une carte ?
— T'inquiète ! »
Je lui ai répété solennellement qu'il tenait ma vie entre ses mains. Je le pensais car j'avais vraiment très peur.

J'ai marché en direction du magasin le plus naturellement possible et salué le type au comptoir. Il s'agissait d'un employé de Philippe, un petit gars au crâne rasé pas sympa et peu causant.

Je lui ai tendu ma carte du vidéoclub, puis la cassette de *Scream 2*. Tout s'est déroulé sans accroc.

« Tu veux autre chose ? il a demandé sèchement.

— Je ne sais pas. Je vais jeter un coup d'œil. »
Ma voix avait tremblé, mais je crois que l'homme n'a rien remarqué de particulier. Je me suis dit qu'il valait mieux agir comme d'habitude. En quelques secondes, j'avais fait mon choix : *Taxi*, que j'avais déjà vu, mais je voulais surtout donner le change.

Le vendeur a retiré la cassette de la boîte pour la glisser dans une autre sur laquelle on pouvait lire le nom du magasin. J'ai payé et je me suis dit que mes ennuis étaient terminés. J'ai dit « Ciao » de la manière la plus désinvolte que j'ai pu et je suis sorti du magasin. Mon cœur battait très fort et je suais.

J'avais juste loué une vidéo, mais mon corps se comportait comme si j'avais couru un marathon. Dimitri n'avait pas bougé de son poste mais son visage était tout pâle.

« T'en as mis un temps pour sortir de là ! Alors ?

J'ai souri parce que la veille il m'avait posé exactement la même question.

« On va se promener un peu », j'ai répondu.

Après avoir marché quelques minutes, Dimitri a brisé le silence.

« Tu ne crois pas que, hier, tu aurais mieux fait de parler de la cassette aux flics ?

— Quoi ! Reconnaître le vol devant ma mère ! Tu veux ma mort ?

— Quand même, un homme a été assassiné hier à cause de cette vidéo.

— On n'en est pas certains. J'ai fait le lien parce que je me sentais culpabilisé par le vol mais le type s'est probablement fait poignarder pour une tout autre raison. »

Dimitri est revenu à la charge : « Pourtant, le gars qui est mort devant ta porte, tu m'as dit l'avoir aperçu dans la rue juste après le vol.

— J'ai cru l'avoir vu. D'ailleurs, tout est rentré dans l'ordre. J'ai loué une nouvelle cassette et personne ne m'a menacé. Tout baigne, je te dis. »

Inconsciemment, nous avions pris la direction de mon immeuble.

Soudain, je me suis rendu compte que nous nous trouvions devant *Le Potiron*, le restaurant dans lequel pénètre l'inconnu sur la cassette volée.

J'ai montré l'enseigne à Dimitri : « On pourrait peut-être rendre service au type qu'on voit sur la vidéo ?

— Si c'est juste un film d'amateur, on va passer pour des nazes !

— Ouais ! Par contre, s'il s'agit vraiment d'un chantage, on pourra pas se regarder dans un miroir avant longtemps.

— Tu as raison. Mais comment faire ? »

On a jeté un coup d'œil à l'intérieur du restaurant. À 5 h 30 de l'après-midi, il était naturellement fermé. De plus, sur la porte était affichée une annonce : *Fermeture pour cause de décès.*

Je n'ai pas pu réprimer un frisson : « Tu crois qu'il s'agit de notre homme ? »

Dimitri m'a ri au nez : « C'est peut-être sa vieille tante qui est décédée ou sa grand-mère ou bien le type du film a été terrassé par une crise cardiaque. »

Un vieil homme est alors sorti d'une porte contiguë au restaurant.

Sans réfléchir, ou peut-être parce que la question me brûlait les lèvres, je lui ai demandé qui était mort.

« Le patron du restaurant, mon gars, Jacques Mazy. Une bien triste histoire.

— Le patron, c'était un petit homme rondouillard avec des cheveux mi-longs ?

— Oui, vous le connaissiez ? »

J'ai hésité une ou deux secondes et puis j'ai lancé : « Un peu. On vient parfois déjeuner ici avec nos parents. Ils aimeraient sans doute connaître les raisons de la fermeture du restaurant. »

Dimitri a enchaîné : « De quoi il est mort, le patron ?

— Heurté par une voiture. Il y a deux jours. Ici, devant le restaurant.

— Ah, un accident, j'ai dit, un peu rassuré.

— Oui ! Le type roulait comme un fou.

— Il avait bu ou quoi ? a demandé Dimitri.

— Je l'ignore car le chauffard ne s'est pas arrêté. Il avait probablement quelque chose à se reprocher.

— Et le numéro d'immatriculation ?

— Personne n'a pu le relever, a soupiré le vieil homme. Ça s'est passé si vite. Un vieux break Peugeot bleu. Mais des bagnoles comme celle-là, il y en a des milliers dans Paris, alors la police va avoir du mal à la retrouver !...

— Ouais ! Une triste affaire ! » a lâché Dimitri en guise de condoléances.

Nous avons remercié le vieil homme et nous avons continué notre chemin.

« Cette fois, il faut prévenir les flics, m'a dit Dimitri. Tu vois bien qu'on est tombés sur des crapules qui font chanter les gens. Et lorsqu'ils ne paient pas, on les tue. C'est peut-être la mafia !

— C'est facile pour toi ! je lui ai répondu. Tu ne risques rien. Tu me pousses à piquer une vidéo et puis, lorsque ça se gâte, tu me proposes d'aller me dénoncer aux flics.

— Écoute Léo, cette cassette, c'est deux fois rien !

— Pour toi peut-être, mais pour moi et pour ma mère, c'est beaucoup ! »

J'étais tellement en colère que je l'ai planté là, en plein milieu de la rue et je suis rentré à la maison.

Marcher m'a fait beaucoup de bien. J'ai pu réfléchir calmement à toute l'affaire. Dimitri avait peut-être raison après tout. Il valait mieux appeler la police.

Au moment précis où je franchissais le seuil de mon immeuble, j'avais pris la décision de tout avouer à ma mère. Ce soir, dès son retour de l'hôpital. Ensuite, il serait toujours temps d'appeler les flics.

J'avais quelques heures à tuer avant le retour de ma mère. Je me suis confectionné un sandwich, mais je n'y ai pas touché. Une espèce de malaise m'avait envahi. Ma gorge était sèche, mon cœur battait bien trop vite. Le souvenir du cadavre me poursuivait. Son regard. Le poignard. Le sang. Si un voisin avait frappé à la porte à ce moment-là, pour me demander un service quelconque, je me serais probablement barricadé à l'intérieur. D'ailleurs, la porte, je l'avais fermée à double tour. Au moins, j'étais en sécurité. Afin de me calmer, je me suis répété que cela faisait tout juste vingt-quatre heures qu'un inconnu était venu mourir sur mon paillasson et qu'il était normal de flipper. Pendant une minute ou deux, j'ai même songé à appeler le psychologue qui m'avait donné sa carte la veille.

J'avais envie de me changer les idées, en regardant un bon film par exemple, et je me suis souvenu que la cassette de *Taxi* se trouvait dans mon sac. Je me suis assis dans le canapé du salon, un Coca en main, et j'ai enclenché le magnétoscope avec la télécommande. J'avais presque retrouvé le sourire.

Dès la première image, j'ai renversé du Coca sur mon pantalon. Le cauchemar continuait.

Le film était en noir et blanc. On y voyait un vidéoclub en contre-plongée. *Mon* vidéoclub. Videomovie. Je me suis mis à trembler nerveusement. La caméra était immobile et je me suis assez vite rendu compte qu'il s'agissait de la caméra de surveillance du magasin.

J'aurais peut-être dû couper tout de suite, mais la fascination des images exerçait sur moi sa magie maléfique.

Soudain, un jeune garçon est entré dans le champ de la caméra. Moi. Des larmes d'angoisse m'ont brouillé la vue. Je n'avais pas besoin de regarder la scène, je la connaissais par cœur.

Je tournais autour des rayonnages comme un voleur. Ma tête pivotait de gauche à droite très rapidement histoire de voir si quelqu'un se trouvait dans les parages. Rien qu'en m'observant, il était facile de deviner mes intentions. J'étais ridicule. Soudain, je suis entré dans le petit bureau et mon corps a quitté l'écran quelques secondes. Au moment où j'ai réapparu, il était évident que je cachais quelque chose sous mon blouson. Et puis très vite, je suis sorti de l'image.

Ensuite, comme sur l'autre vidéo, la caméra a effectué un travelling avant jusqu'à un bureau sur lequel était déposée une feuille manuscrite. J'étais tellement terrorisé que j'ai lu le texte à haute voix comme s'il s'agissait d'une leçon à apprendre : *Si tu parles aux flics, on tue ta mère !*

Valloton avance à grands pas

Puis l'image s'est brouillée. Il n'y avait plus rien à voir. D'ailleurs, j'en avais déjà trop vu. À force de regarder des images que je ne voulais pas voir, des larmes ont coulé de mes yeux irrités.

Je suis resté prostré plusieurs minutes devant le téléviseur allumé. J'ai songé à Jacques Mazy, le restaurateur. Cet homme avait bien été assassiné. Et les tueurs étaient à présent sur le point de tuer ma mère.

Pourquoi n'avais-je pas tout déballé à Valloton hier ? Pourquoi ?

J'ai vraiment cédé à la panique durant quelques minutes. Ma mère ! Ils vont la tuer ! J'ai même failli téléphoner à Videomovie pour leur annoncer qu'ils pouvaient compter sur moi : je ne dirais rien aux flics.

Et puis, j'y ai renoncé. Tous les employés n'étaient probablement pas impliqués dans cette affaire. Le gars qui décrocherait le téléphone avait toutes les chances de ne rien comprendre à mes paroles. Une maladresse pouvait mettre la vie de ma mère en danger.

J'ai essayé de rassembler mes esprits et de me calmer. Tout n'était peut-être pas perdu. Une seule certitude : le petit chauve de Videomovie trempait dans l'affaire. C'est lui qui m'avait joué ce tour de passe-passe. Il avait sorti la cassette de *Taxi* et l'avait remplacée par un message concocté à mon intention.

J'étais coincé. Si je parlais à ma mère, je la mettais en danger. Je ne voyais pas d'issue possible.

Je me suis discrètement avancé à la fenêtre. J'ai tenté de voir si un homme observait l'immeuble. Personne. Évidemment, le guetteur pouvait très bien se trouver dans une voiture ou à l'affût sous une porte cochère.

Soudain, quelqu'un a frappé à la porte de l'appartement.

Tout de suite, j'ai pensé à un autre cadavre. Et puis, à un tueur envoyé par le vidéoclub. J'avais les yeux fixés sur la porte. Après quelques secondes, on a à nouveau frappé.

« Qui est là ? Qui est derrière la porte ?

— C'est l'inspecteur Valloton, Léo. Ouvre-moi ! »

Je lui ai répondu que j'arrivais, d'une voix mal assurée.

Avant d'ouvrir, j'ai quand même pris le temps de sortir la cassette du magnétoscope, de la replacer dans le boîtier et de cacher le tout dans mon sac.

Puis, j'ai ouvert la porte.

« Tu en as mis du temps, a remarqué Valloton. Tu croyais sans doute avoir affaire à un nouveau cadavre et tu hésitais à lui ouvrir, n'est-ce pas », souriait-il.

Toujours aussi psychologue, cet inspecteur !

« C'est exactement ça », j'ai répondu.

Cet imbécile trouvait sa blague excellente. Il rigolait en se tenant le ventre à deux mains.

« Qu'est-ce que je peux faire pour vous, inspecteur ?

— J'aimerais que tu m'accompagnes au domicile de Maxime Corti.

— Moi ? Mais pour quoi faire ?

— Je sais qu'il s'agit d'une procédure totalement inhabituelle, mais tu es mon seul témoin, Léo. En fait, je suis persuadé que Corti est entré dans ton immeuble pour des raisons professionnelles. Il cherchait quelqu'un.

— Et vous pensez que l'assassin est la personne à qui Corti est venu rendre visite ! »

L'inspecteur a souri : « Tu sais que tu ferais un bon policier, Léo ! »

J'ai évité de répondre à Valloton que je ne tenais pas à trop à devenir comme lui.

« Ça n'explique toujours pas pourquoi vous avez besoin de moi.

— Corti était un enquêteur très rigoureux. Pour toutes ses affaires, il a constitué des dossiers dans lesquels il a classé ses notes et des dizaines de photographies de suspects et de témoins. Je me disais que, parmi ses clichés, tu pourrais peut-être reconnaître quelqu'un qui fréquente régulièrement l'immeuble. »

Il m'a tendu mon blouson sans me laisser le temps de réfléchir.

Un instant, je me suis demandé si c'était un piège. Valloton aurait-il mis la main sur une photo me représentant en train de voler une vidéo ?

J'ai scruté son visage de nain de jardin, mais je n'ai trouvé aucune réponse à ma question.

Ensuite, j'ai pensé au tueur et aux menaces qui pesaient sur ma mère. Quelle sera sa réaction en me voyant en compagnie de Valloton ? Il pourrait penser que j'avais tout balancé à la police.

« Hum... On doit y aller tout de suite ?

— On n'a pas de temps à perdre. »

J'étais pris au piège.

Pendant une seconde ou deux, j'ai songé à lui avouer la vérité. Mais, au dernier moment, je me suis rappelé le message du film que je venais de voir : *Si tu parles aux flics, on tue ta mère !*

Je n'avais plus le choix. J'ai enfilé mon blouson et nous sommes partis.

Nous étions à peine dehors, Valloton et moi,

que j'ai aperçu l'employé du vidéoclub. Le crâne rasé, celui qui cause peu. À première vue, il ne semblait pas vraiment faire attention à moi. Assis au volant d'une voiture bleue, il regardait droit devant lui.

Pure coïncidence ? Valloton m'a demandé de me dépêcher si bien que j'ai perdu de vue le crâne rasé. Un chauffeur attendait dans la voiture de police banalisée. Pendant le trajet, j'ai tenté de savoir si la voiture bleue nous suivait. En même temps, je ne voulais pas attirer l'attention de Valloton. Aussi, je ne me suis retourné qu'une seule fois. Un incident s'était produit sur la chaussée et j'ai utilisé ce prétexte pour jeter un coup d'œil vers la lunette arrière, histoire de repérer la voiture bleue. Je ne l'ai pas vue.

L'immeuble où avait vécu Maxime Corti était situé non loin de chez moi. Un kilomètre tout au plus. Mais, à cause de la circulation parisienne, la voiture a mis une bonne dizaine de minutes à parcourir cette distance. De temps à autre, la radio crachotait des informations sur un suspect ou sur la position d'une patrouille mais ni Valloton ni le chauffeur n'écoutaient.

La voiture s'est arrêtée en double file devant l'immeuble de Corti.

En descendant, j'ai observé les voitures sur le boulevard. Rien de suspect.

« J'ai annoncé notre visite à Mme Corti, a déclaré Valloton, elle nous attend. »

La porte d'entrée s'est ouverte automatiquement et nous sommes montés au deuxième étage. Une vieille femme maigre, portant des lunettes noires, nous attendait sur le seuil.

« C'est vous, inspecteur ?

— Oui, madame. C'est à nouveau moi ! »

Nous sommes restés tous les trois quelques secondes sans parler. Mme Corti a brisé le silence : « J'ai l'impression que vous n'êtes pas seul, inspecteur ! »

Ce n'est qu'à ce moment-là que j'ai compris qu'elle était aveugle.

« Oui, excusez-moi ! Voici Léo Naiken, le jeune homme qui a découvert le corps de votre mari. »

J'ai prononcé quelques mots hésitants mais je ne suis pas certain qu'elle ait compris. En fait, une espèce de bouillie est sortie de ma bouche. J'avais eu envie de lui présenter mes condoléances et, dans le même temps, ma timidité m'en a empêché. J'espérais seulement que le mari de cette pauvre femme n'était pas vraiment mort à cause de moi.

Mme Corti nous a fait signe d'entrer. Nous avons pénétré dans un appartement sombre et défraîchi. Les meubles et le papier peint avaient probablement été à la mode trente ans plus tôt. Tout était gris et sentait l'ennui.

Je suis resté debout dans le salon. La femme m'a touché l'épaule très doucement. Sans la moindre hésitation. On aurait pu croire qu'à partir du moment où elle avait entendu ma voix, elle savait parfaitement où je me trouvais.

« Tu crois que Maxime a souffert, mon garçon ? »

J'ai dû me racler la gorge plusieurs fois avant de répondre : « Je n'ai pas vraiment assisté au meurtre, madame. Lorsque j'ai ouvert la porte, il était déjà mort. »

Sa main a serré plus fort mon épaule.

« Hier soir, je me suis rendue à la morgue avec ma fille. J'ai touché le visage de Maxime comme je le faisais tous les jours mais ce n'était déjà plus lui. La mort avait fait son travail. »

Quelques larmes ont suivi le sillon de ses rides, mais elle s'est immédiatement essuyé le visage d'un revers de la main.

« Je suis désolée. Vous n'êtes pas venus pour me regarder pleurer, mais pour retrouver le meurtrier de Maxime. Venez ! »

Nous l'avons suivie dans un couloir au bout duquel elle a ouvert une porte.

« Vous avez la permission de consulter tous les documents, mais je l'ai déjà dit à l'inspecteur, par égard pour le travail de Maxime, aucun dossier ne sortira de cette pièce. Ils sont la propriété de sa clientèle. »

Le bureau de Maxime Corti était impeccable. Un grand buvard, de quoi écrire, pas d'ordinateur mais une dizaine de dossiers classés par date dans des chemises. Le bureau ressemblait à celui d'un élève studieux et appliqué.

« Je vais sortir les photos des dossiers. Tu me diras si tu reconnais quelqu'un », m'a expliqué Valloton.

Corti était visiblement un obstiné. Les enquêtes qu'il n'avait pu résoudre lorsqu'il était flic, il les avait poursuivies pendant sa retraite. Parfois avec succès.

Valloton a rapidement écarté les affaires résolues pour s'intéresser aux affaires en cours.

En ouvrant une des chemises, il a esquissé un sourire : « Quel dingue, celui-là, il planchait encore sur l'affaire des diamants Carteels ! »

Valloton s'est aperçu de mon ignorance. Il m'a expliqué qu'il s'agissait d'une des plus grosses affaires de bijoux non encore élucidées à ce jour.

« Il y a une trentaine d'années, quatre hommes ont dévalisé la bijouterie Carteels. On en a arrêté trois grâce à des coups de téléphone anonymes, mais le quatrième n'a jamais été retrouvé. Évidemment, c'est lui qui possédait le butin. Les enquêteurs de l'époque, dont Corti faisait partie, ont toujours pensé que le quatrième homme avait trahi ses complices.

— C'est aussi votre opinion ?

— Naturellement ! Il a voulu garder tout le butin pour lui. En interrogeant les trois truands, on a découvert le nom du quatrième : Jacques Delvaux, un petit gangster sans gloire. Interpol est à sa recherche depuis trente ans. En vain !

Et pourtant, on avait sa photo. Regarde, c'est lui. »

L'inspecteur m'a montré un cliché en noir et blanc d'un type aux lèvres minces et au menton carré. Bizarrement, j'avais l'impression d'avoir déjà vu cet homme quelque part. Je dirais plutôt que je connaissais quelqu'un qui lui ressemblait un peu.

« Trente ans que Corti traquait Jacques Delvaux, a soupiré l'inspecteur. Eh bien, il ne mettra jamais la main dessus. C'est la vie ! »

Valloton s'est tu quelques secondes puis il a ajouté : « De toute façon, on retrouve rarement les bijoux volés ! »

— Ah bon ? »

Il m'a expliqué qu'en général, dans ce genre d'affaire, les bijoux sont démontés, retaillés et revendus à d'autres bijoutiers, le plus souvent à l'étranger.

« En fait, les receleurs les recyclent dans le commerce. D'ailleurs, Delvaux doit avoir plus ou moins soixante-dix ans aujourd'hui. Il est peut-être mort. Ça fait longtemps que, pour nous, cette affaire est classée.

— Mais elle ne l'était pas pour Corti », ai-je répondu.

Valloton a baissé la voix : « Entre nous, mon garçon, à la police judiciaire, Corti avait la réputation d'être un peu fêlé. »

Et l'inspecteur a ajouté le geste à la parole en appuyant un doigt sur sa tempe.

Nous avons parcouru d'autres dossiers. De vieilles enquêtes pour la plupart.

Valloton m'a demandé si les noms qu'il citait me disaient quelque chose. J'ai fait non de la tête. L'inspecteur a écarté les dossiers vieux de plusieurs années : « Si Corti n'a pas introduit de faits nouveaux dans une enquête, c'est que l'affaire est au point mort. »

Le dernier dossier était le plus récent. Dès que l'inspecteur a ouvert la chemise, j'ai aperçu le nom du restaurant *Le Potiron*. Catastrophe ! Peut-être mon nom se trouvait-il dans le dossier ? J'imaginais déjà la phrase : *Léo Naiken, 132, boulevard Richard-Lenoir, petit voleur de cassettes vidéo. Je compte lui rendre visite prochainement.*

Heureusement, je m'étais inquiété inutilement. Valloton m'a résumé l'affaire à haute voix :

« Maxime Corti enquêtait sur la mort suspecte d'un dénommé Jacques Mazy, patron du *Potiron*.

L'inspecteur m'a fait remarquer que ce restaurant se trouvait dans mon quartier.

J'ai répondu par une moue qui signifiait : « Peut-être... Ça ne me dit rien... »

J'ai eu l'impression que Valloton avait avalé mon mensonge d'autant qu'il flairait une piste intéressante et s'échauffait en parcourant le dossier.

Il s'est tourné vers la porte avec l'intention d'appeler Mme Corti. Inutile, elle était postée, silencieuse, juste derrière nous. Ses yeux fixaient un point imaginaire juste au-dessus de nos têtes. Elle avait écouté toute notre conversation. Je me suis rappelé la manière peu flatteuse dont le commissaire avait parlé de son mari et j'ai eu honte.

« L'affaire des bijoux Carteels, a déclaré la vieille aveugle, Maxime avait une piste. Il m'en parlait souvent. Il était certain de pouvoir débusquer le dernier homme, le traître...

— Il ne s'agit pas de ça, madame Corti, l'a coupée l'inspecteur, énervé. Jacques Mazy, ce nom vous dit quelque chose ?

— Oui, il a été heurté par une voiture devant son restaurant. La police a conclu à un accident de la circulation avec délit de fuite. Les conclusions de l'enquête n'ont pas convaincu Mme Mazy. Elle avait entendu parler de Maxime et elle est venue le voir ici. Elle voulait avoir la certitude qu'il s'agissait bien d'un accident.

— Et quelles ont été les conclusions de votre mari ?

— D'après Maxime, il s'agissait d'un meurtre. Des inconnus faisaient chanter le restaurateur. Il ne les a pas pris au sérieux. On l'a assassiné. »

L'inspecteur avait l'impression de tenir une piste : « Est-ce que le jour de sa mort, il enquêtait sur cette affaire ? »

— Oui, monsieur l'inspecteur. »

Valloton était dans tous ses états.

Il a demandé à l'aveugle la permission d'emporter avec lui le dossier du *Potiron*.

« Je suis d'accord pour cette fois, a déclaré la vieille dame, mais vous me le rapporterez.

J'espère qu'il vous permettra de mettre la main sur l'assassin de mon mari.

— Comptez sur moi ! »

L'inspecteur est sorti en trombe du bureau de Maxime Corti. Je l'ai suivi comme un petit chien. Il a pris congé de Mme Corti en quelques mots : « Je vous tiendrai au courant. »

J'ai marmonné quelque chose comme : « Au revoir, madame. »

Elle a pris mon visage entre ses vieilles mains. « Bonne chance, Léo ! » a-t-elle murmuré.

À cet instant, j'ai pensé qu'elle en savait beaucoup plus sur moi qu'elle ne le laissait paraître.

Mes affaires ne s'arrangent pas

Sur le trajet du retour, j'ai cherché en vain l'homme au crâne rasé. Il avait disparu. Je me suis senti rassuré. Pour le moment, ma mère n'était pas en danger puisque Valloton n'avait pas fait le lien entre la mort de Corti et le vidéoclub.

Devant mon immeuble, l'inspecteur s'est très rapidement débarrassé de moi. Je ne l'intéressais plus. Il ressemblait à un chien de chasse tout excité par la nouvelle piste qu'il venait de flairer. J'ai monté l'escalier quatre à quatre. J'avais l'impression de pouvoir encore sortir indemne de cette affaire. Mon bel optimisme a volé en éclats lorsque j'ai ouvert la porte de l'appartement. Tout se trouvait dans un désordre indescriptible. L'appartement avait été fouillé sans ménagement. Je savais bien ce qu'on y était venu chercher : la cassette vidéo. Celle où l'on me voit jouer le rôle du voleur.

Je me suis précipité vers mon sac. Inutile de l'ouvrir : tout était éparpillé.

« C'est ça que tu cherches, Léo Naiken ? » a demandé une voix derrière moi.

Il était debout, à côté de la porte, avec un grand sourire et la cassette vidéo à la main. Le type rasé du vidéoclub, bien sûr.

« Qu'est-ce que vous faites ici ? » je lui ai demandé.

La question était absurde, mais je voulais gagner du temps. D'ailleurs, il n'a pas daigné répondre.

L'employé de Videomovie a fermé la porte de l'appartement à clef. *Il possédait un passe-partout.*

« C'est toujours simple d'entrer chez les gens, Léo », a-t-il expliqué en ricanant.

Je sentais bien qu'il était déterminé à m'éliminer. Une terrible panique m'a envahi de la tête aux pieds.

« Je ne dirai rien aux flics, vous pouvez me croire ! »

J'ai prononcé cette phrase avec le plus de conviction possible mais le crâne rasé a continué son discours comme s'il ne m'avait pas entendu : « Ça a été facile de te retrouver, Léo Naiken, grâce à la fiche signalétique du vidéoclub. Encore plus simple de te faire taire », a-t-il conclu d'une voix douce et paisible. Il était très sûr de lui.

« Vous allez me tuer ?

— Vous êtes les seules personnes encore en vie qui pourraient témoigner contre nous. Je suis désolé. »

Ses projets me concernant avaient pour le moins le mérite d'être limpides, mais pourquoi utiliser le pluriel. J'ai songé à Dimitri. Était-il en danger ?

« Pourquoi dites-vous *vous* ?

L'homme a répondu très spontanément : « Ben ! Ta mère et toi ! »

Sa réponse m'a foudroyé. Ma mère était en danger !

Puis il a ajouté : « Au début, nous avons pensé qu'il suffirait de te faire peur, mais nous avons changé d'avis. Tu passes trop de temps chez les flics, Léo Naiken. Tu pourrais finir par parler à la longue.

— Et ma mère ?

— Philippe s'en occupe. Ils sont si proches que pour lui, ce sera un jeu d'enfant. »

Il a souligné ses propos d'un sourire ironique.

« Il est inutile de lui faire du mal ! Elle ne sait rien !

— Pas sûr ! Elle pourrait avoir découvert la cassette dans ton sac hier au soir. Peut-être la lui as-tu même montrée sans lui dire qu'il s'agissait d'un vol. Qu'importe ! Nous avons décidé de ne pas prendre de risques. »

Soudain, l'homme s'est souvenu qu'il avait un meurtre à accomplir. Il a déposé la cassette sur un meuble et s'est avancé vers moi. Ses mains étaient vides. Il n'avait pas d'armes. Je me suis demandé comment il comptait m'assassiner. Et puis, j'ai compris : la porte-fenêtre. Le balcon. Il allait me jeter dans le vide. Il était bien plus costaud que moi. Ainsi, ma mort ressemblerait à un suicide.

J'ai reculé un peu. Il avançait toujours. La porte-fenêtre était déjà entrebâillée. Une habitude de ma mère pour aérer l'appartement. Lentement, je me suis rapproché du balcon qui donnait sur une cour. Pendant un minuscule instant, j'ai vu mon corps s'écraser quatre étages plus bas. Une vague de froid m'a envahi. Je ne voulais pas mourir ! Il fallait réagir. Et vite !

Alors, j'ai eu l'idée du siècle. En une fraction de seconde, ma décision était prise. Le tueur manœuvrait de telle sorte qu'il m'était impossible de sortir de l'appartement par la porte. J'ai fait exactement le contraire de ce qu'il attendait de moi. J'ai foncé vers le balcon. La cour intérieure était déjà sombre en cette fin de journée. La peur de faire un faux pas et de tomber dans le vide m'a fait mal au ventre. J'ai enjambé la rambarde du balcon puis, en me retenant par le bras, j'ai réussi à prendre appui sur la terrasse des Lautier, distante d'un mètre. L'homme a agrippé ma veste, mais le poids de mon corps était déjà de l'autre côté. J'ai pu me dégager.

Heureusement que la porte-fenêtre des Lautier était ouverte, elle aussi.

J'ai immédiatement pénétré dans leur appartement. J'imaginais que, chez moi, le tueur revenait lui aussi sur ses pas.

J'ai surpris les deux frères en pleine conversation. Ils parlaient haut et fort. Georges Lautier, celui qui m'offre des livres, était en colère, je l'ai vu tout de suite. L'autre, assis, sur une chaise, surveillait le palier.

En me voyant, ils ont fait un bond énorme. J'ai vu la surprise dans leurs yeux, mais Georges Lautier s'est repris en constatant que ce n'était que moi.

« Léo ! Qu'est-ce que tu fais là ? »

J'ai juste eu le temps de lui répondre que j'étais en danger de mort, qu'il fallait que je sorte au plus vite.

Henri Lautier m'a regardé comme si j'étais tombé de la planète Mars. Il n'a pas bougé de son poste de surveillance.

J'ai traversé leur salon comme une bombe en renversant deux chaises et une théière posée sur une table basse.

« Excusez-moi ! Je suis poursuivi ! »

Ils sont restés immobiles, stupéfaits, alors que je me dirigeais vers la porte.

Pour sortir de leur appartement, j'ai dû retirer la chaîne. J'ai alors remarqué que Henri Lautier surveillait le palier à l'aide d'une caméra. Il était encore plus fou que je ne le croyais.

J'ai ouvert la porte et me suis rué sur le palier. Au même moment, j'ai entendu le tueur tourner la clef de ma serrure. Je suis passé en trombe devant ma porte à l'instant précis où elle s'ouvrait. J'ai dévalé l'escalier à toute vitesse, l'homme à mes trousses. Je n'avais qu'une dizaine de marches d'avance sur lui. J'entendais sa respiration au-dessus de moi.

Arrivé au rez-de-chaussée, j'ai foncé dans la rue, pris de panique. Tout juste si je ne sentais pas son souffle dans mon cou.

Huit heures du soir. Le boulevard était plongé dans une demi-obscurité mais heureusement pour moi, il y avait beaucoup de monde dans la rue.

J'ai pris la direction de l'hôpital Saint-Antoine, tout proche. Je n'avais qu'une envie : retrouver ma mère et tout lui raconter.

Une étonnante poursuite s'est engagée. Je courais de passant en passant. De grappes de promeneurs en couples d'amoureux. Je reprenais mon souffle lorsque je trouvais asile auprès d'un groupe de gens, puis je redémarrais.

Le tueur ne tentait pas de me rejoindre, il se contentait de me suivre.

À aucun moment, je n'ai essayé d'alerter un passant. J'étais persuadé que personne ne m'aurait pris au sérieux. Crâne rasé n'était pas armé et aucune loi ne lui interdisait de se promener le soir.

Nous avons progressé ainsi quelques minutes sur le boulevard Richard-Lenoir. D'habitude, lorsque je vais chercher ma mère à l'hôpital, j'emprunte les ruelles proches de la Bastille pour aller au plus court. Ce soir-là, instinctivement, je sentais que la foule me protégerait.

De temps en temps, je me retournais. Il était là, à trente mètres à peine. Je craignais qu'il me coince à l'angle d'une rue déserte ou dans l'ombre d'une porte cochère.

J'imaginais ses grosses pattes autour de mon cou et l'oxygène qui, déjà rapidement, viendrait à me manquer.

J'ai finalement atteint la place de la Bastille. Elle était encore plus peuplée que le boulevard. De l'autre côté, j'apercevais la grande masse éclairée de l'Opéra Bastille et la rue du Faubourg-Saint-Antoine.

J'ai traversé tout droit, à travers le flot des voitures, déclenchant des coups de frein et des klaxons rageurs. Au milieu de la place, sous la colonne, je me suis retourné : personne. Avais-je réussi à le semer ? J'ai quand même poursuivi ma course.

Du rififi à l'hôpital

Dans la rue du Faubourg-Saint-Antoine, j'ai ralenti légèrement l'allure. Toujours aucune trace du tueur et j'étais à bout de souffle. L'hôpital ne se trouvait plus qu'à quelques centaines de mètres. Le chemin vers les urgences, j'aurais pu le faire les yeux fermés.

À l'entrée le préposé m'a reconnu et m'a fait un signe de la main. Des infirmiers m'ont salué : « Bonsoir, Léo ! » J'ai repris confiance. Le tueur n'avait pas pu arriver avant moi.

Je me suis faufilé entre les civières et le personnel médical. Heureusement, ce soir-là, le service des urgences n'avait pas l'air trop débordé. Quelques personnes attendaient d'être soignées, mais au premier coup d'œil, on voyait bien qu'il ne s'agissait pas d'accidents dramatiques nécessitant des soins immédiats.

J'ai aperçu Nicole Gillain, une collègue de Maman, qui consultait un dossier et j'ai foncé droit sur elle : « Il faut absolument que je voie ma mère ! »

Nicole m'a reconnu et m'a souri.

« Elle vient d'être appelée à la morgue pour un problème administratif. Une fiche d'admission mal remplie, je crois. Elle sera de retour dans cinq minutes.

— Et elle y va souvent, à la morgue ? j'ai demandé le plus calmement possible.

— Je crois bien que c'est la première fois.

— Philippe l'a attirée dans un piège, c'est clair.

— Mais enfin, Léo, qu'est-ce que tu racontes ? »

Je lui ai pris violemment le bras.

« Écoutez-moi ! Ma mère est en danger de

mort. Il faut prévenir la police de toute urgence !

— Qu'est-ce qui se passe ?

— Pas le temps de vous expliquer ! Où est la morgue ?

— Niveau –3.

— Il faut me croire ! Appelez les flics ! Vite ! »

J'ai couru vers les ascenseurs. Aucun n'était disponible. L'escalier se trouvait derrière une porte sur la droite. Je m'y suis engouffré et l'ai descendu au pas de course jusqu'au niveau –3. Une double porte vitrée s'est ouverte automatiquement. Devant moi, une salle d'attente vide. Quelques chaises, une table, des mouchoirs en papier, une machine à café et un guichet qui annonçait : « Service de la morgue ».

Au fond de la pièce, une porte donnait sur la morgue elle-même. Je me suis dit qu'il s'agissait sans doute de la salle d'attente pour ceux qui venaient reconnaître les morts. Je me suis approché du guichet et j'ai demandé : « Y a quelqu'un ? »

Machinalement, en posant la question, j'ai scruté l'intérieur du petit bureau d'admission de la morgue. Un homme était affalé sur le sol, mort. On voyait distinctement le trou que la balle avait creusé en traversant la tête.

Je n'ai pas véritablement eu le temps d'être effrayé par ma découverte car une voix s'est fait entendre derrière moi : « Alors, Léo Naiken, on vient mourir à la morgue ? »

Je me suis retourné et j'ai vu ma mère, les yeux agrandis par l'horreur. D'une main, Philippe lui bâillonnait la bouche, de l'autre, il pointait vers moi une arme munie d'un silencieux.

« Tu sais, Claire, a ricané Philippe, ton fils est un voyou, un sale petit voleur de cassettes vidéo. J'espère que tu vas lui tirer les oreilles ou plutôt, je vais le faire pour toi. »

Le regard de ma mère ressemblait à celui d'un petit animal apeuré.

« Malheureusement pour lui, a continué Philippe, il n'a pas eu de chance, il a volé la mauvaise cassette.

— Ma mère n'a rien fait, laissez-la tranquille ! »

J'aurais voulu prononcer ces mots d'une voix forte et pourtant j'avais parlé comme un tout petit enfant.

« Trop tard. Je ne veux prendre aucun risque, m'a répondu le patron de Videomovie. La police aura des soupçons mais aucune preuve. »

Hypocritement, il a ajouté : « Je suis désolé ! »

Il venait à peine de terminer sa phrase que le téléphone s'est mis à sonner. Un téléphone mural situé juste à côté de lui. Surpris, Philippe a sursauté. Ma mère en a profité pour lui mordre sauvagement la main qui la bâillonnait. Il a crié et son premier réflexe a été de regarder sa main douloureuse. Libérée, Maman s'est jetée sur l'autre main, celle du revolver, avec l'intention de le lui arracher, mais le danseur de tango s'était déjà repris. De sa main ensanglantée, il a empoigné ma mère et l'a tirée vers l'arrière pour lui faire lâcher prise. Il a réussi la manœuvre mais le revolver est tombé à terre. J'ai vu l'homme hésiter entre ma mère et le revolver. Finalement, il a choisi de reprendre son arme.

« Cours Léo ! » a crié ma mère.

Nous avons franchi ensemble les portes de la morgue. De l'autre côté se trouvait une salle délimitée à gauche et à droite par une dizaine de tiroirs dans lesquels reposaient les morts. Pas un seul endroit pour se cacher. Nous avons continué à courir tout droit. Derrière nous, j'entendais les pas de Philippe, tout proches.

Nous avons franchi la porte suivante et sommes entrés dans la section des autopsies. De nouvelles portes donnaient à gauche et à droite. Maman en a ouvert une et m'a fait signe de m'y cacher. Je me suis accroupi derrière un bureau.

J'ai entendu ma mère continuer sa course et, quelques secondes plus tard, j'ai reconnu les pas de Philippe. Attiré par le bruit de la course de Maman, il ne s'est pas intéressé au local dans lequel j'étais caché. Elle s'était sacrifiée pour moi.

Je suis resté silencieux quelques secondes. Ensuite, je suis sorti de la pièce et je me suis avancé dans la direction prise par ma mère et Philippe.

Soudain, j'ai entendu des voix et j'ai vu Philippe de dos. Ma mère, elle, était adossée à une porte qu'elle n'était pas arrivée à ouvrir.

« Où est ton gosse ? hurlait Philippe. Où est-il ? »

Je ne savais pas trop comment m'y prendre.

Lui sauter dessus ? J'étais bien trop frêle ! Et pourtant, il fallait tenter quelque chose.

Sur le côté, j'ai aperçu une civière. Je me suis jeté dessus en courant et j'ai foncé droit sur lui. Le bruit des roues l'a alerté et il s'est retourné. Au moment où la civière allait le toucher de plein fouet, il a fait un pas en arrière et je n'ai réussi qu'à lui effleurer la jambe. Emporté par mon élan, je suis tombé. J'avais lamentablement échoué.

Son revolver nous menaçait toujours. « Pour vous, c'est terminé », a murmuré le tueur. Il avait raison. J'ai eu envie d'expliquer à Maman que tout était ma faute. Elle n'a rien répondu et m'a juste pris la main.

Philippe a levé son arme et m'a visé. J'ai fermé instinctivement les paupières. La peur de voir venir la balle. Résigné, j'attendais l'impact quand un hurlement terrible a retenti. J'ai regardé Maman, elle n'avait rien. Philippe gisait sur le sol, un scalpel planté dans le dos. Un jeune médecin pâle et tremblant se tenait derrière lui.

Au bout du couloir, j'ai vu arriver Valloton et une dizaine de policiers armés. « Que personne ne bouge ! » a crié le nain de jardin. Celui-là, jamais je n'avais été aussi heureux de le voir.

« Je ne voulais pas le tuer, a bégayé le médecin.

— Il n'est pas mort, a dit un policier qui venait de tâter le pouls de Philippe.

— On te doit une fière chandelle, a déclaré ma mère au jeune homme.

— J'autopsiais un corps... j'ai entendu des voix... je n'ai même pas réfléchi...

— C'est fou le nombre de types qui se font poignarder en ta présence, Léo », a remarqué l'inspecteur Valloton, toujours aussi drôle.

Des brancardiers ont emmené Philippe vers les urgences. Finalement, il vaut mieux être blessé à l'intérieur d'un hôpital !

Valloton s'est tourné vers moi avec un large sourire : « Maintenant, je sais pourquoi Maxime Corti est mort devant ta porte ! »

En quelques mots, l'inspecteur nous a raconté que mon copain Dimitri, en venant me rendre visite, avait été témoin de ma course-poursuite avec l'autre tueur.

Il avait deviné que je me rendais à l'hôpital Saint-Antoine et il avait prévenu la police.

« Il vous a tout raconté ? j'ai demandé un peu inquiet.

— Oui, a répondu l'inspecteur, tout : le vol de la cassette vidéo, le chantage, l'assassinat du restaurateur, l'employé au crâne rasé – on lui a mis la main dessus, d'ailleurs ! »

Je me suis retourné vers ma mère. « Comme tu l'as probablement compris, j'ai volé une cassette à Videomovie !

— Pas du tout, s'est étranglé Valloton. Dimitri a déclaré que tout était sa faute ! »

L'inspecteur a levé les yeux au ciel. « Faudrait savoir ! »

La clé de l'énigme

Valloton nous a emmenés à la PJ, dans une salle qui sert habituellement aux interrogatoires. Plusieurs fois, j'ai avoué le vol de la cassette vidéo et décrit les conséquences de mon acte à des inspecteurs en civil.

On nous a laissés de longues heures seuls, Maman et moi. On en a profité pour s'expliquer.

J'ai pu répéter à ma mère combien j'étais désolé d'avoir volé.

Elle m'a répondu qu'il s'agissait d'une

énorme bêtise et qu'elle espérait que je ne recommencerais plus.

J'ai laissé passer quelques secondes de silence et puis je lui ai demandé : « Tu étais amoureuse de Philippe ?

— Amoureuse ? Non ! Mais il n'était pas mal sans un flingue à la main.

— Tu as toujours été séduite par des danseurs de tango. D'ailleurs Papa en est un.

— Oui mais il n'a encore descendu personne.

— Tu as raison ! »

Le nain de jardin a choisi ce moment précis pour débouler dans la salle des interrogatoires.

« Ils ont tout avoué, nous a déclaré l'inspecteur, sauf l'assassinat de Maxime Corti.

— Que voulez-vous dire ? a demandé Maman.

— Eh bien, ils s'accusent d'avoir fait chanter une dizaine de commerçants, d'en avoir même éliminé deux qui n'avaient pas voulu payer, Jacques Mazy, patron du *Potiron*, et un autre. Ils reconnaissent avoir tenté d'assassiner Léo Naiken et sa mère. Par contre, ils nient toute implication dans le meurtre de Maxime Corti. Je n'y comprends rien.

— L'assassin de Maxime Corti, je crois connaître son identité, inspecteur. »

Une dizaine de voitures de police toutes sirènes hurlantes ont quitté en trombe les locaux de la police judiciaire. J'avais pris place dans une des bagnoles avec un chauffeur, Maman et Valloton. Nous roulions en direction de notre immeuble et pourtant, l'inspecteur n'était pas totalement convaincu par mes explications.

J'ai tenté d'exposer aux adultes perplexes les raisons pour lesquelles j'en étais arrivé à penser que Henri Lautier était le meurtrier.

« Je n'ai pas de preuves, mais certains éléments sont troublants. Sur le moment, je n'ai pas fait le lien, mais Henri Lautier surveille le palier en permanence, il a même fait placer une caméra de surveillance. Ce parano réagit au moindre bruit, mais n'a pas cru bon d'ouvrir la porte de son appartement lorsque tout l'immeuble hurlait au meurtre. En fait, il n'avait pas besoin de se demander pourquoi il y avait un tel raffut sur le palier. Il le savait très bien puisqu'il venait d'assassiner Maxime Corti.

— Mais pourquoi ?

— Corti enquête sur des cassettes qui servent

à faire chanter des commerçants. Il surprend un jeune homme, c'est-à-dire moi, en train de voler une vidéo qui ne se trouve pas sur un rayonnage. Le détective me suit et monte jusqu'au quatrième car il aimerait bien visionner la cassette. Lautier aperçoit Corti sur son palier. Il est persuadé que l'ancien policier l'a retrouvé et il le tue.

— Pourquoi Lautier craignait-il Corti ?
— Le portrait de Jacques Delvaux que vous m'avez montré chez la veuve Corti, le dernier membre d'un gang de voleurs, c'est Lautier jeune.
— Nom de Dieu ! Les bijoux Carteels ! »

Nous sommes montés au quatrième en sprintant.

Valloton, essoufflé, a sonné chez les Lautier.

Georges nous a ouvert la porte. Il avait un livre en main.

« Vous arrivez trop tard, a-t-il dit. Il est parti. »

Les flics se sont néanmoins rués dans l'appartement et ont tout retourné. Ils ont mis la main sur la caméra de surveillance située au-dessus de la porte et sur le moniteur, mais ils n'ont trouvé aucune trace de Jacques Delvaux.

« Et les bijoux Carteels, suppliait Valloton. Où sont-ils ?

— Il les a emportés avec lui. »

Georges Lautier nous a raconté qu'il y a trente ans, son frère, poursuivi par la police, lui avait demandé l'hospitalité.

« Je n'ai pas pu refuser. C'est mon frère. J'ai voulu lui venir en aide. »

Lautier nous a expliqué qu'ils avaient changé de nom et comment une misérable existence avait commencé pour eux.

« Pourquoi *misérable* ?

— Parce que mon frère a vécu aux abois pendant trente ans. Il n'a pas osé sortir pendant toutes ces années et, surtout, il n'a jamais osé se débarrasser des bijoux. Toute la journée, il surveillait la porte, c'était son obsession.

— Et Corti ? a demandé l'inspecteur.

— À l'heure du meurtre, a poursuivi Georges Lautier, j'étais absent. Corti est apparu sur le palier que mon frère contrôlait en permanence. Il cherchait visiblement le numéro d'un appartement et mon frère a cru que Corti l'avait retrouvé. Henri, ou Jacques, comme vous voulez, a enfilé ses gants, il a pris le poignard qui ne le quittait jamais, il est sorti sur le palier et a assassiné Corti.

— C'est à cause du poignard que vous avez compris que votre frère était l'assassin ?

— Exactement ! Une fois encore, je n'ai pas eu le courage de le livrer à la police, mais je l'ai mis à la porte, lui et ses foutus bijoux. J'ignore où il se terre et je ne veux pas le savoir. »

Lautier/Delvaux s'est tu. Il n'avait plus rien à ajouter, c'était clair. Je me suis dit que désormais il mènerait peut-être une vie plus paisible.

On s'est retrouvés dans notre appartement, l'inspecteur, Maman et moi.

« Finalement, dans cette histoire, tout le monde avait un secret et l'a payé très cher, a déclaré ma mère.

— Un peu moralisateur, mais assez bien vu, j'ai dit.

— Ce n'est pas du tout moralisateur. Tout le monde a un secret, a déclaré Valloton.

— C'est quoi le vôtre, inspecteur ? »

Il est devenu tout rouge, le pauvre homme.

« Mon secret à moi, qu'il a fait, hum... je collectionne les nains de jardin. »

THIERRY ROBBERECHT

Thierry Robberecht est né en 1960. Il a écrit des nouvelles, des sketches et des chansons avant de se consacrer à ses romans. Son premier roman *La disparition d'Hélène Allistair* est paru chez Casterman, ainsi que la majorité des suivants. Parallèlement à son activité de romancier, Thierry Robberecht est parolier de chansons. Et comme il est curieux de tout, il vient de se lancer dans l'aventure de la bande dessinée en signant, avec Philippe Cenci, l'adaptation des *Aventures de Deep Maurice et Gologan*.

TABLE

Une erreur de jeunesse — 7
Un visiteur peu ordinaire — 21
L'inspecteur Valloton mène l'enquête — 31
Dimitri et moi, nous faisons le point — 53
Retour au vidéoclub — 63
Valloton avance à grands pas — 75
Mes affaires ne s'arrangent pas — 93
Du rififi à l'hôpital — 105
La clé de l'énigme — 117

Composition JOUVE - 53100 Mayenne
N° 314904n
Imprimé en Italie par G. Canale & C.S.p.A.-Borgaro T.se (Turin)
Janvier 2005 - Dépôt éditeur n° 55503
32.10.1911.0/02 - ISBN : 2.01.321911.3
Loi n° 49-956 du 16 juillet 1949 sur les publications destinées à la jeunesse
Dépôt légal : mars 2005